書かれたみことばロゴス　　語られたみことばレーマ

Logos と *Rhema*

ARAI Michiko
新井 道子

文芸社

はじめに

以前に『道　十字架のことば』（青山ライフ出版）を出版した年から数えて、二〇二四年でちょうど十年目になります。その間、コロナ禍の時を過ごしながら書き溜めていた詩を、早く出版しなくてはと考えていました。

ある日、知人が急に亡くなったという知らせを受けました。本当に急なことだったので、皆一様に、愕然としてしまいました。病気だということも聞いていませんでしたし、現実に起こった本当の出来事ではないように思えたからです。親しい者だけの葬儀を終えて帰る時も、死は突然にやって来るのだと、衝撃と共に実感していました。

その時に書いた詩が本書の第四章にある「御手のわざ」です。死は老いも若きも関係なく、順番も関係なく、どこに居ようとも関係なく、貧富も生い立ちも関係なく、区別も差別もなく全ての人に必ず訪れます。そんなことは分かり切っているのに、なぜこれほどまでに驚くのだろうかと、我ながら彼の上にやって来た「死の来訪」に驚いたのでした。

まるで追い風に背を押されるようにして思ったことは、うかうかしてはいられない、死が近くまでやって来ているのだという、あまりにもはっきりした実感でした。嵐のように迫ってくる死の足音を聞いたのです。

亡くなった彼は生前、会うたびにいつも私に言っていました。
「前に書いた本ね、ほんとに実際の体験だし実感があって、良い本だと思うよ。だけどね、一般の人には聖書の言葉なんて、読んでも分からないし、共感なんてできないんだよ。御言葉なんか入れるから、余計に分からなくなってしまうんだよ。だからさ、今度、本を書く時には、御言葉は入れないで書いた方がいいよ」

会うたびに聞く彼のその言葉に、「何てしょうもないことを言うんだろう、そんな馬鹿なことを言って良いのだろうか」と、心中では困惑せずにいられませんでした。少々腹が立ちましたし、怒りもこみ上げてきました。しかしそう言われれば言われるほど、日を追うごとに、彼の言うことにも確かに一理あると、認めざるを得ませんでした。

だから彼がいつもそう言うと「そうですねー。……分かりました」と笑っていましたが、心の中では本気で頷いてはいませんでした。

彼は神学校で神学も勉強したインテリで、何も考えずにそう言っているのではないことは、分かっていました。彼の言葉は私の心の内の葛藤を、大きく膨らましていきました。

社会的少数派で、総人口の一パーセントとも言われるクリスチャンの意見は、確かに世の中にはなかなか受け入れられず、あたかも弱者の戯言（ざれごと）のように思われて、聖書の御言葉はなかなか浸透できずにいます。耳を傾けてもらえないことが多いのです。

そんなことが続いていた中での、突然の彼の死の知らせでした。私の心は痛みました。まさか、こんなに早く、突然、逝ってしまうなんて。まるで耳元で彼が囁いているようでした。

「皆が分かるように書かなくちゃ、意味がないんだよ。何で早く書かないの」

そう言っている声が聞こえるようでした。

ある人は、そんな信仰のない人の言葉なんて気にすることはない、と言うかもしれません。ある人は、それこそ神様に逆らう誘惑の言葉じゃないか、騙されてはいけないと言うかもしれません。

亡くなった彼が言う本とは『道　十字架のことば』で、車椅子に乗った主人との出会いを計画された、神様の愛を証しした私の前著のことです。信仰の幼かった私に神様が与えて下さった困難によって、私の人生は恵みに満ち溢れた新しい人生に生まれ変わりました。腫瘍の除去によって胸から下が麻痺してしまった主人との人生は、何にも代えられない驚きの人生、光の中を歩む人生の始まりとなったからです。

今はもう、出版した千冊のうち十冊しか手元に残っていません。有り難いことに、伝道用に配って下さった熱心な人がいたからです。しかし前著は全国流通の本ではありませんでしたので、それだけが心残りでした。

どうあれ、本は読まれないことには何も始まりません。

本文の詩においては、イエス・キリストの名前は記していません。各章の初めに記した以外には記していません。けれどもこの世にあって助けて下さる方は、いつでもイエス・キリストが遣わされた聖霊です。これらの詩は悩みの中にあって苦しみ、生きる希望を失いかけている方に、きっと一つの大きな転機となり、助けになると信じます。

ある日、テレビをつけたまま、洗濯をしながら本を読んでいました。すると「僕は神様と約束したんだよ」という言葉が稲妻のように、私の心に飛び込んできました。インタビューを受けていた人は何回も何回も「僕は神様と約束したんだよ」と言っていました。何度も聞いているうちに、突然、その言葉が神様からのサインのように、私の心に突き刺さったのです。

ああ！　神様。私はその稲光の意味が分かりました。私が亡くなった彼としたあやふやな約束、その微々たる約束を、神様がバックアップしておられるのだと分かったのです。彼とした小さな約束を、神様が保証しておられて、早く実行しなさいと言っておられるように思えました。コロナ禍にあって、この詩集を早く出版したいと取り組んではいましたが、神様が催促しておられるのだとはっきりと確認できたのです。こうして彼の突然の死と、「僕は神様と約束したんだよ」という言葉は、天から下ってきた雷のように、私に向かって閃（ひらめ）きわたったのでした。

彼と約束したのかしなかったのか、私自身さえ大切とは気づいていなかった小さな約束を、神様が聞いておられ、ご覧になっておられたのだと、爽やかな震えるような感動が全身に走りました。この神様との約束は果たさなければならないと、改めて心に誓ったのでした。

人生の重荷を独りで背負い
苦しみ悩んで終に疲れ果て
真っ暗な落とし穴に落ちたまま
天を仰いだあの日

人生の春夏秋冬に
心に綴った言葉の一つ一つ
一文字でもいい
あなたの心に届いてほしい

たとい独りよがりと言われても
自分をゴミのように投げ捨てないで
人生を見捨てないで
人生を創り出そう

あなたを助けたい人がいる
あなたと共に歩きたい人がいる
あなたが心の窓を開けるのを

ずっと待っている人がいる

あなたが手を伸ばさない限り
誰も強制的に掴みはしない
あなたの人格を尊重して
見守っているのだから

勇気を出して踏み出そう
新しい朝がやって来る
今、一歩踏み出すなら
あなたはきっと笑うだろう

昔、踏みにじられたとしても
今日、立ち上がることができる
夢と希望は目の前にある
さあ！　手を伸ばして掴み取ろう

躊躇は後悔の始まりだ

今、手を伸ばすならまだ間に合う
さあ！　新しい世界に出ていこう
きっと後で分かることがあるのだから

目次

第二章　希　望　45

第三章　愛　75

第四章　死

第五章　新しい命――139

第一章　思い出

幼い時の思い出、青年時代の思い出、大人になってからの思い出、壮年老年時代の思い出、それらは心に残る美しい思い出であろうと、心に傷を負ってしまった痛みの思い出であろうと、その人の人生を新しく形成していく力になります。思い出は人生の大切な時間の経過の中で、その人とその人生を彩る大切な時間であり、かけがえのない友人のように傍にいて、決して離れてはいかないのです。

残念なことに年端もいかずに、亡くしてしまった幼子の心痛む思い出もあるでしょう。病気や事故や何らかの形で、長く生きられなかった人を悼む、懐かしい思い出もあるでしょう。生まれて直ぐに召されてしまって、世の汚れに染まらなかった小さな赤子の思い出もあるでしょう。懐かしい人々、決して忘れ得ない人々との、美しい思い出、楽しい思い出、或いは苦痛の思い出、悲しい思い出、その一つ一つが心のスクリーンに大切に刻まれているからです。

どんな状況下にあろうとも、生まれたという事実は、両親に、家庭に、学校に、社会に、あらゆる所にその記憶を留めています。残念にも生まれて来ることのできなかった子の大切な記憶は、両親の脳裏と心と体に刻まれています。人生を過ごした時間の長い短いに関係なく、思い出は心の中に留まっています。その人の事を思い出しては、記憶によみがえらせて心の板に刻み直し、反芻して生きる事、それは深い愛に生きる事と同じだからです。

しかしながら思い出とは違い、生々しく記憶に留まっていて離れて行かずに、心の奥底の方で固まってしまって、思い出すのも嫌な辛い記憶もあります。色々なハラスメントや、刑事民事に関わる法的事件や裁判等、人を悲観させて死に追いやるような記憶は、法的に解決した後には心の中からきっぱりと捨ててしまわなければ、傷が深く残ってしまいます。

日常の懐かしい匂いの中に、色あせた写真の中に、突然、思い出して驚く風景の中に、はっとする他人のイントネーションの中に、思い出はよみがえってくることがあります。思い出を捨てないで大事に育み慈しむ時に、あたかもその思い出が自分の片腕のように、人生を力強く守って、優しく慰めてくれるからです。まるで愛する人がそばにいて、語りかけてくれるように、頭をそっと撫でてくれるように、思い出は一緒に時を過ごしてくれるからです。

それは後を振り返って嘆き悲しむ痛みとは全く違う、個人的な愛の思い出でと言う事ができます。それは心に力を与えて前を向かせてくれる、強い愛の思い出なのです。

大切な思い出を心から無理やりはぎ取らずに、時々、手のひらに取り出して見るのはよい事です。思い出を慈しんで、大空の雲の中に懐かしい顔を思い出し、そよぐ風の中に忘れていた懐かしい声を聞き、駅の雑踏の中に懐かしい背中を見るならば、思い出は生きて共に暮らす家族のような存在として生きているのです。

懐かしい匂い

夏の黄昏時
影絵のような大木
蜩がカナカナと一日の終わりを告げる

夕焼けで空が紅く染まっても
心の穴を埋めてはくれない
誰も埋められない心の穴

明日がやって来るのか
いつまで生きられるのか
命がいつ終わるのか誰も知らない

早朝に雀がチッチとさえずり
暮れにカナカナが鳴き
夕闇の中に灯りが点々ととともる

今日のことは今日で終わり
明日は明日が心配する
明日の分まで心配するのはやめよう

夕餉の匂いが漂って来て
現実に引き戻された耳に
名前を呼ぶ優しい母の声

窓際から離れて現実の世界に戻る
名前を呼ばれなかったなら
闇の淵できっと溺れ死んでいただろう

おみおつけの懐かしい匂い
炊き立てのご飯の懐かしい匂い
懐かしい生活の匂い

家族が誰もいなくなった今
懐かしいまな板の音が聞こえて来そう

そっと耳を澄ます夕暮れ

古い友だち

甘い匂いをほのかに漂わせ
通る人を懐かしさで包みこみ
懐かしい日々をよみがえらせる
小さな可愛らしい橙色の花
金木犀は古い友だち

ネルでドリップしたコーヒー
目玉焼きとカリカリのベーコン
トーストとマーマレード
イギリス風のチェダーチーズ
懐かしい古い友だち

二階の物干し台から見えた富士山
雨戸の節穴から逆さに映った景色
大きく枝を張った大木の黄桃
渋柿に接がれた大好きな甘柿

みんな懐かしい友だち

今はもう捜したくても捜し得ない友だち
もう会うことのない古い友だち
思い出だけに残っている友だち
残像のように心に残っている友だち
もう皆いなくなった

松葉杖もいらなくなった
車いすもいらなくなった
遠い昔に皆いらなくなった
優しい思い出だけを残して

教会の鐘の音だけが今も聞こえる
雨上がりの土の香りの中で
雪ノ下が白い花を点々とつけて
私はここにいると手を振っている
古い友だちが笑っている

人生の道

全身真っ白な子
メラニン色素が足りなく
生まれて来たと言う
優しい目で眩しそうに光をさけて
いつも独り木陰に座っていた

松葉杖をついていた子
か細い足でしっかり地面を踏んで
歩いては休みまた休む
青白い顔を上気させ歯を食いしばり
独り木陰で休んでいた

ファッション・モデルになった子
美しく眩いほどに可愛い
上品で奥ゆかしいその子は
恥ずかしそうに早退していく

昔はそんな時代だった

太っちょの爺様先生
えこひいきばかりする嫌われ者
猫撫で声で舌なめずりして品定めする
生徒は皆、悲しそうに校庭を眺め
早く終われと念じて過ごすクラス

黒いガウンをまとった長身の先生
風を切り裾を舞い上がらせて
長い廊下を爽やかに闊歩する
てきぱきと淀みなく公平に教えて
教室には信頼がみなぎり満ちる

精悍な黒い顔が清潔な先生
エドガー・アラン・ポーを語り
壁から黒猫の鳴き声がすると
授業中に恐怖を煽って喜ぶ

鳥肌が立つけれど待ち遠しい時間

凜々しい陸上部の先輩
ギリシャ神話のアポロのような顔
優しく逞しいその姿を
もう来年は見られないだろう
校庭に砂ぼこりが舞い上がって消えた

校舎の片隅で日向ぼっこしながら
二度と帰ってこない時間を楽しんだ
無邪気に暖まりながら
未来の自分を創造していた時間
無駄な時間など決してないのだ

誰にも認められなかったとしても
成長がおそいと言われても
黙々と夢を追い続けた青春
それぞれが自分で創り出した時間

ロボットには持てない尊い時間

無遠慮に言いたい放題言う人
聖人を気取っていじめを黙認する人
肩書きを笠に着て威張り散らす人
策略をめぐらして正当化する人
知らん顔して裏切る人

世の中がそうであったとしても
周りの大人がそうであったとしても
他人のせいにしてはいけない
自分に負けてはいけない
正しく見てくれる人が必ずいる

悔しくても自分の道を行こう
険しくても投げ出さずに黙々と行こう
生涯かけて謙遜の道を行こう
自分の弱さを見極めて武器にしよう

希望が微笑んで待っているから

友との思い出

ドミニコ修道院まで友と二人で歩いた
シスターから英会話を習うため
長い道のりを友と歩いた
帰り道も意気揚々と二人で歩いた

友が引っ越したと聞いた
あの時習った英語を活かして
ツーリスト・ガイドになったと言う
今はもう誰も住んでいない友の家

裏庭の椿の花が咲き始めると
立ち止まって見ていく友がいた
東京では見かけない珍種の八重椿
故郷の椿が懐かしいと友は言った

ギターを上手に弾く友がいた

薄茶色の巻き毛をかきあげながら
色んな国の故郷を奏でてくれた
友の心にあるのは何だったのだろうか

いつも一緒に帰った友がいた
気に入った本を紹介し合いながら
遠回りして話し合った夜空の道
友は今も本を読んでいるだろうか

会堂の掃除が終わると皆で集まった
ギターでゴスペルをハモりながら
黒人霊歌やスコットランド民謡
グリーンスリーブスや庭の千草もハモった

時を経てなお鮮明に思い出せる友たち
邪気のない天使のような歌声で
時代を共に謳歌し戦った友
老年になった今どこにいるのだろう

母

母が大けがをした
土砂降りで真っ暗だった夕方
父に言われて学校まで迎えに行った母
途中の道で滑って転倒した

ぱっくり傷口が開いた足を引きずりながら
医者まで歩いて行って扉を叩いた母
そこは友だちの家で内科だった
医師は何も言わずに手当てしてくれた

私は医師からひどく叱られた
お母さんの面倒をちゃんと見てあげなさい
麻酔もなくて膝を縫っている間
一声も上げなかった気丈な人だよと

母は寝込んでしまった

私はかかりつけの医師からも叱られた
九十二歳で母が天に帰るまで
どんな時も私は母の味方として立った

私が長く海外にいた間に
母が認知症になって入院した
あなたはどなたと母は笑って挨拶した
心が痛んで郊外の遠い病院まで通い続けた

母が病室の窓から手を振っていた
切なくて胸が張り裂けそうだった
帰り道を行ったり来たりしながら
窓際の母の顔を遠くながめては涙した

写真の母は優しい笑顔で微笑んでいる
すべき事は全てやったと思う
けれどベッドに座った母の顔を思い出す
私もだんだんと母の歳に近づいて来た

また会う日まで

裏庭の飛び石を踏み門を出ると
小道に立った母は右手を上げて
いつも微笑んで見送ってくれた

夕闇で姿が見えなくなるまで
いつまでもたたずみ続ける母
小さくて優しかった母

紙袋一杯にお土産を詰め込んで
重くても生活の足しになるからと
必ず持たせてくれた母

春風が心地良く暖かな日も
ヒグラシが鳴く真夏の夕暮れも
長雨が降り続く寂しげな秋も
寒風で凍てつく真冬の空の下でも

いつも見送ってくれた母
いく枚も残っていない写真の中で
いつも笑っていた母

明治生まれの母は若く見えた
和やかな言葉づかいでめったに怒らず
忍耐ばかりしていた母

今も目の前で話しているように
あなたの声が聴こえます
あなたの目が見えます

あなたは優しい方ねと
他人行儀に挨拶する認知症になった母
あなたの姿が目に浮かびます

もう一度あの道を一緒に歩きたい

もう一度一緒に本屋に行ってみたい
もう一度一緒に家に帰りたい

私は元気で今もあなたのように
人々を見送る日々を過ごしています
また会う日までさようならお母さん

予感

夜のとばりを貫いて遠く聞こえてくる汽笛
犬の遠吠えのように長く尾を引いて走り去った
スタンドの灯りが照らす部屋
田園を吹く風が優しくうなって
静かに夜がふけていく
聞こえるのは心臓の鼓動の音だけ

有り金はたいてお土産を買って友を訪ねた
ドアを開けると懐かしい顔が出迎えた
遊びに来た振りをして笑い転げたが
やっぱり借金のことは言い出せなかった
帰り道、パン屋さんでいつものように
小銭で食パンの耳を買った

誕生日のお祝い金が父から届いた
飛び上がって転げるように質屋に駆けつけ

父の思い出の真珠のネックレスを受け出した
今はめまいで働けないけれど
きっと治ると三畳一間で祈りながら
ぐるぐる回る天井を見ていた

病院の廊下のソファに寝こんでしまった
気分が悪いのだろうと誰も咎めない
暗闇の中で天井を見上げれば
目をつぶっていても見える白い渦巻き
この苦しみは永遠ではないのだから
今日も十二錠の薬を飲んで生きよう

いつの間にか眠りこんでしまった
看護婦さんに肩を叩かれて目を覚ます
ああ！　明日の戦いのために起きなくては
きっと父のプレゼントのような
思いもよらないプレゼントが来るだろう
なぜかそんな予感がした

Hallelujah!

この横断歩道を渡ろうとすると
オー・ヘンリーが描いた人物を思い出す
「最後の一葉」の画家でもなく
「賢者の贈り物」の若夫婦でもない
貧しい少女が貴婦人として生きたあの人を

夕暮れの灯りの中いつもの横断歩道に来た
孤児の「少女パレアナ」が救済箱の松葉杖を見つけ
孤児の「赤毛のアン」が自分の家を見つけ
孤児のメアリが「秘密の花園」でディコンと会った
不思議な世界がまざまざと迫ってくる横断歩道だ

貴婦人として生まれていなくても
本物の貴婦人として生きた人
紳士として生まれていなくても
本物の紳士として生きた人

不思議な横断歩道が語りかけてくる

やもめが心を込めてささげたレプタ銅貨二枚
ドルカスの真心が縫い上げた貧しい人の服
ルツの勇気が義母の国を自分の国とし
エステルが死ぬ覚悟で跪いた王宮の庭

彼らはGoing My way in Jesus Christを生き
彼らはDon't worry in Jesus Christ と悩まず
彼らはAmen Maranatha と天を仰いだ

昨日はあの横断歩道で見知らぬ人に会った
今日はあの横断歩道で誰と会うのだろう
明日もまた誰かが迎えてくれるのだろうか
過去と現実と未来が繋がっている横断歩道

夢が現実になる不思議な横断歩道
Hallelujah!

クリスマス・イブのカロル

手袋の手もかじかむ寒い夜
聖歌隊のガウンが行列を組んで行く
キャンドルの火も揺らめきカロルを歌う
家々の玄関で待っている熱い紅茶とココア

行きの道はグリーン・クリスマス
帰り道はホワイト・クリスマス
粉雪がしんしんと舞い落ちた夜
遠い青春が輝いていた夜

ホールには暖炉の火が赤々と燃え
テーブルにはサンドイッチとコーヒー
年に一度の特別な聖夜
年に一度の特別な祝宴

何年が通り過ぎて行ったのだろう

歴史がリボンのようにたなびいて
都会の騒音の中に語り継がれ
ノエルのカロルが歌い継がれる

時間が後戻りしていたのだろうか
そこはいつもの部屋だった
机の上に開かれた一冊のバイブル
外は都会の夜の騒音で賑わっていた

飼葉桶に眠るみどりご
ダビデの町に来られた救い主(ぬし)
牧場で羊飼いたちが歌うカロル
Gloria in-excelsis Deo!

三人の博士のように跪こう
聖夜は静かにふけていく
Gloria in-excelsis Deo!
Gloria in-excelsis Deo!!

皆が笑った

山奥の湖畔の宿からの帰り道
夕闇が迫る高速道路の車中
東京のネオンが懐かしいと言ったら
可笑しな人ねと皆が笑った

もんじゃ焼きを食べたことがない
ディズニーランドも行ったことがない
東京タワーも上ったことがないと言ったら
手を叩いて皆が一斉に笑った

あまりしゃべらない無口な私
こけしみたいなおかっぱ頭
東京生まれなのと言ったら
東北の人と思ったと皆が顔を見合わせた

四季折々の花が咲き乱れる森の庭

小鳥がさえずり小川が流れる庭
暖炉の薪が火花を散らす森の家に住みたい
そう言ったら皆が嬉しそうに微笑んだ

古いソファに埋もれて本を読み
ノクターンを聴きながらコーヒーを飲んで
ずっと家にいたいと言ったら
時代遅れだねと皆がクスクス笑った

祖母と母の古い着物を虫干しして
在りし日の姿を懐かしみながら
色あせた日々に思いを馳せたいと言ったら
愛おしそうにやれやれと皆が笑った

誰もが持っている思い出
嫌なことも楽しかったことも過ぎ去った今
皆が笑っているのを見るのが楽しい
皆が幸せそうに笑っているのが嬉しい

第二章　希望

「希望は失望に終わらない」と言う言葉があります。希望は失望も絶望ももたらす事ができないのです。希望は失われる事もなく、絶える事もないからです。

希望が失望に終わり、絶望をもたらすように思えるのは、希望と思っていたことが、本当の希望ではなかったからと言えるでしょう。

人生で落胆しなかったり失敗しなかったと言える人は、一人もいないでしょう。外からの圧力によって、心が閉ざされてしまって、絶望したり、道が断たれてしまったと思って失望することはあり得ることです。それらの失望や絶望という泥沼から、自力で這い上がることは非常に難しく、もがけばもがくほど真っ暗な砂地獄に沈みこんでいきます。思考能力も体力もどんどん失われていき、疲れ切って溺れそうになってしまうのです。

個人の力ではどうあがいても、どうしようもない力が世にはあります。戦争や災害、疫病や伝染病、経済的不況や政治政策の問題、貧困と不平等、人種差別等々、どうにもならない事が確かに世には存在しています。そんな泥沼とも思える中で、いったいどうすればよいのでしょうか。

怒りや悲しみに身もだえするばかりで、個人的に将来の見通しもなく絶望ばかりで、希望に展開できない事ばかりなのでしょうか。

世界や社会を変革する事は、特別に使命を与えられた人以外には、個人的には難しいかもしれません。けれども、個人である自分の世界は、自分で変えて変革する事ができるのです。自分の周りの世界に自ら挑戦する事は、誰にでも与えられている特権だからです。

青年時代、友と話している時に「一人一人が勇気を出して一歩ずつ前進すれば、世界は変わるよね」と言ったことがありました。友らは皆、渋い顔をして「そんな勇気はいらなーい」と一斉にまくし立てました。何十年たっても未だに思い出してしまう、忘れられない言葉です。

自分の考え方を変えるということは、実はある程度のショックに直面したほうが、変えやすいと言えるでしょう。そのショックは偶然にやって来るのではないのです。私的な歴史の時間の流れの中で、自分を変えなければ生きられないほどの、大きなショックに出遭う時があります。その時に、それをぼんやりと見過ごしてしまうか、自分のものとして掴み取るかで、自分自身の歴史が変わってくると言えるのです。それはその人自身の人生に対する飢餓意識が、深ければ深いほど、希望というチャンスを見逃さない目が開かれてくるからなのです。

それは歴史上で起こった出来事、あるいは自然界に起こる天変地異、大地震、洪水、であったりもします。自動車事故、飛行機事故、盗難、詐欺、病気など、誰彼となく襲いかかってくる人災のような、不幸な出来事であったりもします。いったい誰がこのような不幸に遭遇して、絶望もせず失望もせずに、生きることができるでしょうか。

それでも私たちは、時間の経過と共にやって来る天からの慰め、愛と親切の交わりの中にある癒やし、生きる道を見出そうとする努力によって、そこから立ち上がって歩み出すことができるのです。自分自身が経験した苦しみ、あるいは経験した愛を伝えるために立ち上がる時に、驚くばかりの生きる力が湧いてくるからです。人は決して独りで生きているのではないことを、痛みを共に分かち合った愛の交わりの中で、希望を見出していくからです。

どこかであなたを見つめていて、助けてあげたいと願っている人がいます。その時、心を開いて自分を明け渡して助けてもらうなら、その時から希望の人生が始まるのです。邪気が大空高く吹き飛んで行って、暗闇が消えた光の中での希望の人生が始まるからです。その希望を掴み取るのは、あなた自身の手なのです。

新しい朝

邪気が一気に取り去られ
昨日まで吹雪いていた喜怒哀楽が消え
黎明が新しい朝を告げた

憂いも悲しみも飛び去って
誇らしげに顔を上げた微笑みが
花のようにたゆたう朝

平和が両手を上げて凱旋し
喜びが雄叫びを上げて闊歩する
光が頭上に輝いた朝

もう誰にも裏切られない
もう誰もが裏切らない
信頼が復活した栄光の朝

明けの明星が勝利を告げ
新しい時代が到来し
悪意が尻尾を巻いて逃げ去った朝

角笛が鳴り響き
希望が翼を広げて
孤独から解放された自由の朝

信頼と約束が手を取り合い
虚像と虚偽が磔にされ
怒りと憎しみが打ち砕かれた朝

愛と忍耐が勝利した朝
誠実と誠意が報われた朝
小さな努力が結晶した朝

名もない小さな花

小さな花が
あどけなく笑っている
そよ風がほおを撫でて
思わず立ち止まった小道

笑い声がどこからか聞こえて
耳を澄ました
ささくれた心がいつの間にか
癒やされていた小道

もう一歩だけ踏みとどまってみようかな
もう一歩だけ歩いてみようかな
もう一歩だけ前を向いてみようかな
突然そう思った不思議な小道

小さな花が頷いて

心の痛みがふっと消えた
涙がゆっくりと流れ落ちて
名もない花の上にしたたり落ちた

もう一歩だけ踏みとどまってみよう
もう一歩だけ前を向いてみよう
もう一歩だけ歩いてみよう
そう思えた不思議な小道

小さな花がフフッと笑って
元気を出して歩いてお行き
涙を拭いて顔を上げて
そう言ってまた笑った

遠い前方にあった霧が晴れて
白い道標が見えてきた
歩き出した私の後ろ姿を
花がまたフフッと笑って見送った

薔薇

薔薇が咲き誇っている
孤高の権威を着て
棘を隠して咲き誇っている

いつから薔薇が嫌いでなくなったのだろう
いつから薔薇が好きになったのだろう
どうして薔薇が好きになったのだろう

気品に満ちた気高い薔薇の
優雅なたたずまいに似ようと
薔薇を見つめ続けた

威厳と尊厳の法衣を着て
正義の右手を挙げて審判を下し
統治する王のような薔薇

貧困の中であえぎ苦しんでいる人々
富も地位も教育もない人々に
王は学び舎の門戸を開いた

救出の舟を漕ぎ出して
弱い人の味方となった王の右手には
黄金の笏(しゃく)があった

ついに薔薇の偏見が取り除かれた
内面からほとばしり出た
きよい香りが周りを圧倒した

民の心が変わり始めた
外見で人を見ず内にある真理を見る目が
王の教えとして君臨した

私は薔薇が好きになった
高貴な品性が好きになった

時を育む時

美術館に行けず音楽会にも行けない
散歩も行けずカフェのコーヒーも飲めない
レストランは遠のいたと愚痴る

誰もの人生が突然に変わった
今まで経験したことのなかった歳月が訪れ
皆が苦しみ疲れて悶えた歳月

このままではいけない
何か新しく始めてみなくては
時間を無駄にしてなるものか

ピンチはチャンス
全てはチャンスに変えられる
思考の変換を始めよう

最大の注意を払いながら
二度と来ない尊い時を刻んでみよう
残りの人生を活かさなければ

無いものねだりはしない
今あるもので何ができるのか
何を持っているのか考えてみよう

きっと縛られていないことがあるはず
知的文盲になって見えていないことがあるはず
固定観念に縛られていることがあるはず

今は調べて探してみる時
今は行動に移すための準備の時
後になって泣きっ面をかかないように

今の準備が実を結ぶまで
無駄でなかったことが証明されるまで

今は時を育む時

隠された希望

大谷石の門から続く飛び石の両側に
花海棠(はなかいどう)の木が淡紅色の蕾をつける春

くちなしの花が甘く匂って
黄ばんだ白い帽子をかぶった童子の夏

かすかに金木犀の香りが流れてきて
天高く澄んだ空に雲が浮かぶ秋

はらはらと木の葉が風に落ちて
冷たく厳しい雪の気配を運んでくる冬

昔あった防空壕はすでに埋められていて
今ではそこにあったことさえ誰も知らない
黒々とした土が匂う崖下の洞窟は
厚い板で塞がれ沈黙を守っている

父の自転車に乗って草原に乗り出し
風を切って独りで走り回る
風が勢いよく顔をなでて通り過ぎ
ペダルの足が希望を探して漕ぎ進む

友の家からギターの音色が
明るく爽やかに流れてくる
国境のような白い柵の向こうは
きっと苦しみのない世界なのだろう

そう思った途端に恥ずかしくなった
自分だけが苦労しているような
独りよがりに思わず顔が赤らみ
偏見に身がすくんでしまった

思い上がるところに希望があるはずがない
希望はどこかに隠れている

だから、宝探しをするように探す時
きっと隠されている希望を見つけるだろう

薄闇に星が瞬き始めた頃
家々から立ち上る夕餉の匂い
窓辺にともる小さな灯りも
諦めないで希望を探せとささやいている

誰かが言った

誰かが言った
安全を確保するために
敵から逃げるのは大切なこと
ぐずぐずしないで逃げよう
明日を生きるために逃げよう

誰かが言った
態勢を立て直すために
敵から逃げないのは大切なこと
慌てずに踏みとどまろう
明日を迎えるために踏みとどまろう

誰かが言った
後退の道を準備するために
背水の陣など敷かなくても良い
命を大切にして生きよう

やり直しはいつでもできる

誰かが言った
自分が信じた道を行くために
人の意見に左右される必要はない
どの道を行ったたって分かれ道はある
二股の道はどこにでもある

誰かが言った
道が見つからない時は
黙々と今やるべきことをやろう
間違った道に迷い込まないように
自分を見張って道標を見つけ出そう

誰かが言った
今やるべきは過去を振り返らないこと
失望を蹴飛ばして希望を創り出すこと
無駄だとつぶやかずに必死に今日を生きること

希望は失望には終わらないのだから

灰かぶり

灰かぶりは南瓜の馬車に乗って
お城の舞踏会に出かけた
真夜中の零時の鐘が鳴り出して
駆けおりた大階段で魔法が解けた

大広間の階段にガラスの靴が片一方
トカゲの馭者もネズミの馬も消えて
もとの汚い服になって屋根裏部屋に戻り
呆然とくずおれて泣いた灰かぶり

王子さまが家来と家々を回っていた
ガラスの靴の持ち主はいませんか
娘たちは王妃になりたくて泣きわめき
灰かぶりの姉たちもかかとを切った

灰かぶりは素直に育った

孤児になって食べ残しの食事をもらい
雑巾のように臭い服を着せられても
灰かぶりの心は歪まなかった

嫉妬やいじめは灰かぶりを傷つけず
亡き父の遺産で遊び暮らすまま母にも
乗っ取られてしまったお屋敷にも
灰かぶりは心を痛めなかった

ハシバミの木の妖精は見ていた
灰かぶりのために完全にそろえた
金糸で飾ったドレスとガラスの靴
真珠の首飾りと真っ白な長手袋

灰かぶりのハッピー・エンドは
宮殿の王子との結婚だろうか
灰かぶりのジ・エンドは
宮殿で幸せに暮らすことだろうか

灰かぶりは絶望しなかった
希望を失わなかった
自殺しない勇気があった

母の教えが灰かぶりを支えた
父の教えが人を信じる大切さを心に刻んだ
人間は独りで生きるのではないと悟った
友だちと一緒に生きるのだと学んだ

母の服は消えてなくなり
思い出の品は何も残っていなかった
父の残した本だけが友だちだった
母の墓の前でひとり本を読んだ

灰かぶりは昨日の君かもしれない
今日の君かもしれない
明日の君かもしれない

世界中で苦労している君かもしれない

灰かぶりは君に夢を与えるために生きた
君に勇気を与えるために生きた
君にビジョンを与えるために生きた
君に希望を与えるために生きた

世界中の灰かぶりよ立ち上がれ
世界中の灰かぶりよ歩き出せ
世界中の灰かぶりよ手を繋げ
世界中の灰かぶりよ肩を組め

君の南瓜の馬車が待っている
君のトカゲの駆者がやって来る
君のハシバミの木の妖精が準備している
君の王子がガラスの靴を持ってくる

君が希望とビジョンを持って待ち続けるなら

国境のない世界

どこからか聞こえてきた悪口雑言
何も聞こえないかのように部屋を出た
戻ってみた時には
もう誰もいなかった

肉眼では見えない心の障壁
耳では聴けない不協和音
口では語り得ない疎外感
確かに見えない国境は存在する

苦しみに閉じ込めてせせら笑う悪意
弱らせ病気にして喜ぶ中傷
裏切らせ奴隷にして支配する残忍
罠にはめ死に至らせて満足する狡猾

目の不自由な人の点字の世界

耳と口の不自由な人の手話の世界
手足の不自由な人の車椅子の世界
彼らは時に国境を超越して生きる

孤独は魂を純化し成熟させ
虐げは忍耐を創造し土台を築く
屈辱は新しい世界を展望させ
いじめは新しい世界を見出させる

裏切りのない世界
呪いのない世界
偽りのない世界
欺きのない世界

国境のない世界は確かに存在する

前方に目を注いだ

そこにはもう私の家はなかった
だだっ広いコンクリートの道路が
冷たく長く横たわっていただけ

遠い昔の道を思い出しながら
線路沿いに歩いて来たのに
待っていたのは知らない町だった

生まれ故郷はなくなっていた
昔の校舎と小さな校庭に
老いた松の大木だけが残っていた

商店街がこんなに小さかったのかと
ガリバーになったような気がした
どこもかしこもとても小さく感じた

やっと生家に辿り着いてみたら
知っている人は誰もいなかった
まるで浦島太郎のような気がした

映画の撮影をよくしていた坂も
懐かしい石の階段も消えてなくなり
小川のせせらぎの音も消えていた

過去は過ぎ去ってもうなかった
顔を上げ急いで駅に向かって歩いた
もう現実の街に戻らなくては

雑踏のざわめきが恋しくなった
遠い国から帰還した旅人のようだった
現代に戻ってまた戦いの日々を始めよう

前方に目を注ぎいで歩き出そう

知恵

人に教えたとしても
自分が教えたことを
実践していなかったら
何と虚しい人生だろう

昔は良かったと言いたくなる
この言葉こそ老いた証拠
時代の波に乗り切れない自分を
憐憫の情で覆ってはならない

現代に逆らわずにその良さに目を向けて
若者の略語にも耳を貸してみよう
礼儀を知らないと怒りたくなっても
時代が違うのだから

パソコンは慣れ親しんでいても

スマホはなかなか馴染めない
見知らぬ人を見るように
そっぽを向きたくなる

文庫本で文学を楽しんだ時代
レコードで心を癒やされた時代
手紙で時候の挨拶をした時代
家族団欒の灯りをともした時代

今はＡＩがスキルを覚え
人間を助ける「助け手」となった
知恵のない人は乗っ取られまいと
戦々恐々としている

地球は猿の惑星ではない
ＡＩを侵略者と見ずに
知恵ある友としてスクラムを組み
戦友として共に戦おう

第三章 愛

人は愛の中で生きるように創られ、愛で生かされている存在です。愛がなくては、人は生きられないからです。家族の愛、親子の愛、兄弟の愛、友人との愛、師弟の愛、社会の中での愛、学校の中での愛、同志の愛、人類愛、母国愛、まだまだ沢山あります。

これらの愛は、実に神様の愛から始まった愛です。次のような御言葉があります。

神は、実に、そのひとり子をお与えになったほどに、世を愛された。
それは御子を信じる者が、ひとりとして滅びることなく、
永遠のいのちを持つためである。――ヨハネの福音書3章16節

神様の愛は、悩み苦しんでいる人を助けてあげたい、失望している人に希望を与えたい、傷つき倒れてしまった人に寄り添って、なんとか解決して癒やしてあげたいと、切に願っている愛です。泣きながら助けを求めて叫んでいる人の力になって、救ってあげたいと涙を流しながら切に願って、自らその愛を実行された愛です。苦しみ悩んでいる人を目の当たりにして、じっとしてはいられずに、ご自分を十字架につけて身代わりに死んでまで、救おうと実践した愛です。神様

は愛なので、その愛を与えないで、黙って見ているわけにはいかなかったからです。

私たちは日常生活の中に、いろいろな愛の形を見ることがあります。真実の愛は愛するがゆえに苦言を呈して、時として心を刺し貫いてしまうほどの衝撃を与えます。愛は命を与えるものなので、そのようなショックを与えて、人を創り変えて全く新しくする力を持っているのです。

このような愛は愛することを決して諦めません。自分が死んでまでも愛する人を愛して、その人を生かしたいと願うのが、本当の愛だからです。愛する人が全く新しくなって、愛に生きるようになるのを見るのが、嬉しくてならないからです。そんな愛に共感し、同感して、互いに励まし合って生きる愛は、生きる命に満ちているのです。

この愛に助けられて感動した人、この愛で命を救われた人は、この愛に生きよう、力いっぱい生きようと、変えられてしまった人なのです。

明日、死んでもいい、否、今日、死んでもいい、否、今、死んでもいいと、隣人を生かすために命を与える愛は、その愛に触れた人を現実に新しくしてしまうのです。

次のような御言葉があります。

また、たとい私が持っている物の全部を貧しい人たちに分け与え、
また私のからだを焼かれるために渡しても、
愛がなければ、何の役にも立ちません。――コリント人への第一の手紙13章3節

神様の愛は、決して甘やかすだけの愛でもなく、叱るだけの愛でもなく、優しいだけの愛でもありません。

親鷲がひなを巣から落として飛べるように訓練する時、雛が疲れて地上に落ちそうになると、親鷲は自分の翼で雛（ひな）を受け止めて、雛の命を救うそうです。獅子は生まれたばかりの我が子を千尋の谷に突き落として、独り立ちすることができるように訓練すると言います。これは故事で言い伝えかもしれません。けれども確かにライオンは、弱肉強食の荒野で生きなければならない百獣の王の生き方を教え、生命力のある子を育てるために谷に突き落とすようです。ところで生命力の弱い子ライオンが、崖を登れない時には、仲間の雌ライオンが崖を下って行って、命を助け出すと言います。

愛は常識を超えて奇跡を起こします。愛は憎しみを超えて愛を生み出します。愛は悲しみ痛む傷を包んで直し、喜びに至る道を探し出せるようにします。愛は怒りの炎を鎮めて、平安の港に

漕ぎ出させるからです。

愛は見えない所に隠れているように見えますがそうではなく、いつも私たちの傍らでさえずりながら、愛の道へと案内をしてくれる、見えない小鳥のような存在なのかもしれません。

友の愛

友が言った
昨日も話したでしょう
おとといも話したじゃないの
何で分からないの
私はもう疲れた

そう言いながら鍋にバターを引いて
薄く切ったジャガイモを入れ
リンゴの輪切りをのせ
白砂糖をまぶして蒸す友
それが友のお八つ

美味しかった手作りのお八つ
友は一言も癌とは言わないで
天の家に帰って逝った
何も言わないで逝ってしまった友

友が教えてくれた愛

何十年経った今でも
鮮明によみがえってくる友の顔
何回も質問攻めにして苦笑いさせ
困らせたけど楽しかったあの時間
優しかった友の愛

昨日教えてもらったはずなのに
今日はもうわからなくなった愛
懲りもせずにまた聞きに行く
それでも忍耐強く必ず答えてくれた友
今も心に刻まれている友の愛

私は今、友が教えてくれた愛を教えている
分かってほしいと願いながら忍耐強く
友が私に教えてくれたように
愛と忍耐を持って教えている

偽善が持っていない愛

見せかけの愛で背後から忍び寄り
隙をうかがう狡猾な猫なで声
牙を隠した悪賢い奴らが
仮面をかぶって罠を仕掛け
物陰から見てほくそ笑んでいる

偽善が勝ち誇って吠えたけり
せせら笑って豪語しても
最後の最後は地団太踏んで
歯ぎしりして真っ暗な穴に落ち込む
そこに赦しはない

偽善が追い出されたその日
愛が曲がった道に行くなと叱った
愛はやかましく言わないだろうか
愛は優しく抱きしめるだけなのか

愛は鞭を持っていないだろうか

愛は忍耐という鞭を持って叱り続け
愛は最後まで守り続けて離れない
愛はきつく公平に叱って懲らしめ
愛は生涯味方として寄り添う
だから本当の愛に不公平はない

誰にも教えられなかった人などいない
誰にも愛されなかった人などいない
誰にも叱られなかった人などいない
誰にも赦されなかった人などいない
誰にも頼られなかった人など一人もいない

誰が馬の耳に念仏と愛を聞き流したのか
誰が門前の小僧のように愛を聞かなかったのか
愛の鞭を素直に受けなかったのは誰か
そこに偽善が持っていない愛があったのに

見せかけでない愛があったのに

友ができた

理解し心配してくれる友ができた
それだけで心が生き返った
互いに互いの名を汚さないように
大切にして生きようと誓った

味方になってくれる友ができた
それだけで心が生き返った
失望や絶望が近寄れずに逃げて行き
挫折は自ら掘った落とし穴に落ちた

力強く慰めてくれる友ができた
それだけで心が生き返った
炎のような鋭い眼光で見回して
何一つ見逃さずに守ってくれた

励ましてくれる友ができた

それだけで心が生き返った
慈しみの暖かな衣で包んでくれた
その胸で幼子のように眠った

腕を組んで歩く友ができた
それだけで心が生き返った
危険な道で獣に遭わないように
愛の盾となって防御してくれた

心に迎え入れてくれる友ができた
それだけで心が生き返った
何をしてほしいのかと尋ねて
頭に手を置いて祈ってくれた

安らぎを与えてくれる友ができた
それだけで心が生き返った
心配することは何もないと宣言して
いつも傍にいてくれた

愛の手

体が右に左に揺れて真っ直ぐに歩けない
地面が足下からが崩れるようで歩けない
真っ逆さまに倒れてどぶにはまってしまった

体が宙にふわふわと浮かんで
大海の小舟のようにゆらゆらと揺れる
内臓がどんでん返しになって気分が悪い

座っていられない
絶え間なく吐き気が襲ってくる
何も手につかない

何も食べられなくて
道路にうずくまって動けなくなった
人々の足音だけが横を通り過ぎていく

長い間、独りぼっちでうずくまっていた
暖かな手がそっと肩に触れた
見上げると澄んだ目がじっと見ていた

その瞬間、不思議に信頼が湧き上がった
恐れが散り散りに飛び散った
生きる勇気がみなぎった

もう一度信じてみよう
もう一度生きてみよう
もう一度やってみよう

今もその手は私を掴んでいる
今もその手は私を握って離さない
今もその手は温かくて強い

なぜだろう不思議なことに
その時から揺れ動かない心に変わった

揺れ動く人を助ける人に変えられた
不思議な愛の手
人を外見で判断しないその手が
私に生きる力を与えた

父の家

都会の片隅に置き捨てられた籠
赤子がすやすやと眠っていた
独りの男がこの捨て子を見つけ
自分の家に連れ帰って育て始めた

男は無骨な手で赤子を抱きしめ
我が子のように愛を注いだ
赤子はすくすくと成長し
素直な心を持つ少年に育った

少年は父の書棚で本を見つけた
本の中には夢見る少年ヨセフがいた
兄たちにねたまれいじめられて
エジプトに売られてしまったヨセフがいた

少年ヨセフが売られた家で

奴隷として忠実に働いていたある日
女主人に濡れ衣を着せられて
牢獄に投げ込まれてしまった

ヨセフは獄中で仲間の夢を解き
エジプト王の夢も解いて大臣になった
エジプト王パロはヨセフと共にいる神を見た
パロには信じがたいことだった

ヨセフを売った兄たちが故国を離れ
飢饉のために食料を買いに来た
ヨセフは言った
「あなたがたは、私に悪を計りましたが、
神はそれを、良いことのための計らいとなさいました」

本を読みながら、泣きながら少年は悟った
「神は良いことの計らいのためにあの父を与えて
自分を拾って育ててくれたのだ」と知った

少年はヨセフのように自分も生きようと誓った

新しい日々

揺れるカーテンの向こう側
真っ白に立ち込めた霧の中に
霞んだ愛が見え隠れしていた

突然の死という出来事に遭遇して
絶望を感じたその日
人の声はやかましいタンバリンのようだった

耳には何も聞こえず音がなくなった
目には何も映らず白い霧だけが立ち込めていた
口は何も言えず呆然と声を失っていた

ある日、そっと肩に手が置かれた
その手のぬくもりが魂の深みに届いた
不思議な温かさが体全体を包みこんだ

ある日、暖かな毛布で覆われたように
上から降りて来た柔らかな光が
マントのように体を包んでいた

その時から新しい世界が見え始めた
自分の居るべき場所が見えてきた
力強い確信がやって来て心に留まった

ピアノの弾む音符が空に舞って
山の端から端へと虹がかかっていた
灰色だった世界が優しいピンク色に変わっていた

その日から新しい日々が始まった
人の言葉に左右されない日々
言うべき言葉を言える日々が始まった

優柔不断が飛び去って行き確信が心に溢れた
もうどこにも立ち込める霧はなかった

郵便はがき

料金受取人払郵便

新宿局承認

2524

差出有効期間
2025年3月
31日まで
（切手不要）

160-8791

141

東京都新宿区新宿1－10－1
(株)文芸社
愛読者カード係 行

ふりがな お名前			明治 大正 昭和 平成 年生 歳
ふりがな ご住所	□□□-□□□□		性別 男・女
お電話 番 号	（書籍ご注文の際に必要です）	ご職業	
E-mail			
ご購読雑誌(複数可)		ご購読新聞	新聞

最近読んでおもしろかった本や今後、とりあげてほしいテーマをお教えください。

ご自分の研究成果や経験、お考え等を出版してみたいというお気持ちはありますか。

ある　ない　内容・テーマ（　　　　）

現在完成した作品をお持ちですか。

ある　ない　ジャンル・原稿量（　　　　）

書　名			
お買上 書　店	都道 府県　　　市区 郡	書店名	書店
		ご購入日	年　月　日

本書をどこでお知りになりましたか?

1.書店店頭　2.知人にすすめられて　3.インターネット(サイト名　　　)

4.DMハガキ　5.広告、記事を見て(新聞、雑誌名　　　)

上の質問に関連して、ご購入の決め手となったのは?

1.タイトル　2.著者　3.内容　4.カバーデザイン　5.帯

その他ご自由にお書きください。

(　　　)

本書についてのご意見、ご感想をお聞かせください。

①内容について

②カバー、タイトル、帯について

弊社Webサイトからもご意見、ご感想をお寄せいただけます。

ご協力ありがとうございました。

※お寄せいただいたご意見、ご感想は新聞広告等で匿名にて使わせていただくことがあります。

※お客様の個人情報は、小社からの連絡のみに使用します。社外に提供することは一切ありません。

光の真っただ中に立つ私がいた

優しい愛

なんて優しく言葉を言うのだろう
そうじゃないよと何回も言いつつ
繰り返しやらせては面白そうに笑う
涙がこぼれてもそっと見ぬ振りをする

答えを教えたくても励ましたくても
覗き込んでじっと黙って待っている
叱らないで考えさせてくれる
何でこんなに嫌味がないのだろう

昨日失敗したとしても
今日間違ったとしても
明日はやり直せるねと
未来に心を向けさせる

急に強情な自分が恥ずかしくなって

思わず唇を噛んで悔し涙をこらえた
謙虚な人になりたいと顔を上げると
優しい目がじっと真剣に見守っていた

知ったかぶりをせずに誠実になろう
自己中心も破いて捨ててしまおう
悪口には同調しないで無視しよう
私もあなたのようになりたいから

あなたが傍にいるだけで優しくなれる
あなたに名前を呼ばれるだけで嬉しい
あなたが一緒にいてくれるから生きたい
たといあなたがいなくなっても生きよう

あなたは心の中に住んでいる
優しい愛は変わらない
愛で包むあなたの愛は変わらない
だから私は生きられる

叱る愛

お前か、私の娘をいじめるのは
玄関で父の怒号が響いた
お前に用はないから帰りなさい
父が車椅子の夫に命令した

昔、父から家を追い出された私は
今、隠れてその声を聞いていた
なぜだかほっとして
父が夫を叱る声を聞いていた

昨晩、包丁を持った夫に追いかけられた
命からがら電車に飛び乗り
やっと実家に辿り着いた
今朝、自分の車で夫が私を迎えに来た

私は小さい頃から

頑固で厳格な父は近寄りがたかった
父は母を通してよく褒めていたらしいが
その頃は父の大きな愛が分からなかった

近頃の世の親を見ていて思う
もっと子どもを叱って育てないと
独りよがりで生意気な子になってしまう
可笑しくも私はそう痛感した

父をあまり理解しようとしなかった私
今、思うに厳しい父の愛の中にいたから
心が歪まなかったのだろうか
今、父の厳格ささえ愛おしく思った

言葉には出さずとも見守ってくれた父
必要な時に必要な物を出してくれた父
この見えない愛が私を育てたのだと
今さらながらに痛感した

愛の叱責はなぜか心に沁み込み
怒りだけの小言は馬耳東風と聞き流される
怒りは心に憎しみを起こさせ
叱る愛は心を突き刺す痛みを起こさせる

昔、父はよくちゃぶ台をひっくり返した
何が気に障ったのかその時は分からなかった
母は何も言わなかった
私も何も言わなかった

のちに私が海外宣教の荷物を送る時
老いた父はパジャマにカーディガンを羽織って
重い荷物を車にせっせと積んで
郵便局まで自分が運ぶと言って譲らなかった
涙が出るほど嬉しかった
心が締めつけられて痛くて震えた

どこにも行きたくないと一瞬だけ思った
それが父の最後の姿だった

縁側で籐の椅子に腰かけて
小さい私を抱いていた父の写真
庭の渋柿に接ぎ木して
甘柿にしてくれた優しい父

大人の男乗りの自転車に
乗ってもいいと言ってくれた父
父のお使いで都電に乗って出かけ
迷子になったのに褒めてくれた父

土曜日には家じゅうの掃除をさせて
教会学校のための十円玉をくれた父
今でも時々思い出す父の声
頑固な中の優しさを思い出す

今思えば優しかった明治生まれの父
叱る声に愛情を秘めて育て
厳かな偽らない本物の愛で育ててくれた

愛の鞭

愛の鞭があるところに自由がある
その鞭を受けて育った子は
終には自らの過ちを悟るようになる
無法地帯には愛の鞭も自由もない

なぜ鞭うたれたのかその時は分からなくても
最初は理不尽だと怒っても
愛の鞭は大きな愛で包みこんで
終には人を成熟に至らせる

間違いはその時に教えないと分からない
後から聞いてもなぜか分からない
嫌われても愛を持って大胆に教える時
終には誤解の氷は解けて消えていく

予習の準備に徹した夜

熱心に問題を復習した夜
教える喜びに満たされて時間を忘れた夜
準備と努力が成功を運んで来た夜

人はその時に分からなくても
その時はひどいと反抗しても
後になれば分かる時が必ず来る
後になれば感謝する時が必ず来る

ひたすら努力して準備して祈る教師
やかましく言う愛の教師に育てられた子
その子は教えられた通りに教える人になる
限りない祝福の道を開く人になる

聞く耳を持たされた子は子々孫々に引き継ぎ
民族に引き継ぎ世界に引き継ぎ
愛は世界を改革する基礎となって
大河のようにゆるやかに流れていく

愛の鞭を振るう愛の人が人を育て
愛の鞭を使える人を育てる
愛の鞭は全世界の人に翼を与え
愛の鞭は国境を越えて羽ばたいていく

愛の鞭を怒りの鞭と思った幼さも
憎しみと裏切りと思った若さも
忍耐強く粘り強い怒りを制する愛に出会って
終に愛の鞭を与える愛の人に成長した

一陣の風

誰かに認めてほしい
誰かに褒めてほしい
誰かに理解してほしい
誰かに愛してほしい

認めてほしいなら認めよう
褒めてほしいなら褒めよう
理解してほしいなら理解しよう
愛してほしいなら愛そう

今どきホウレンソウと言ったら
ポパイも笑うかもしれない
報連相は決して昔の諺ではない
報告・連絡・相談は今でも必須

古臭い爺様婆様はうるさいと

白い眼をむいてはいけない
時代が移り変わろうと
変わらない真実はある

報連相ができない者を
誰が信頼するだろう
誰が大役を任せるだろう
誰が共に働けるだろう

たとい窓際に移されても
不本意に肩を叩かれても
本当のことを教えて馬鹿にされても
真理を述べて立つ人になろう

真実を躊躇せずに教える人に
世代を問わない栄光の風が吹く
真実を曲げないで戦う人に
一陣の風が味方する

第四章　死

人生の中ではいろいろな死に遭遇します。祖父母の死、両親の死、夫の死、妻の死、友人の死、幼馴染の死、知人の死。このように誰もが直面する死は、否応なく誰のところにもやって来る訪問者です。

死を免れる人は一人もいません。

誰もが死を免れる事ができないのならば、私自身の小さな死によってでさえ、もし他の人が生きる力を得られるのならば、その死は喜ばしく尊い死となるでありましょう。人生の中で私自身がある人の死によって、生きる力を得たように、私もその人のように死にたいと願うのは、当然なのかもしれません。これは地上の人生の最後である死によって、誰かが生きる勇気を与えられるという、価値のある最大の死と言えるからです。

生と死は一度限りのものです。人は生まれた時から、死に向かって歩き始めると言います。その人生が短かろうが長かろうが、それは最大の問題とは言えないでしょう。人が自分自身の人生をどのように生き、どのように死んだのか、そしてどうなったかが最大の問題だからです。

人が自分の人生の目標を持って、天から託された人生をコツコツと歩んでいる姿は、力と勇気に満ち溢れています。大切なことは、目標が大きかろうが小さかろうが、その人が自分自身の人生を、どのように生きたかなのです。

死は終着駅ではありません。肉体の死の先に新しい命があります。復活して永遠に生きる国が終着駅です。人間が創り出すことのできない、新しい国があります。そこが終着駅なのです。

だからこそ、神から託された人生を大切に生きて、死の次の扉を開けて復活の人生を歩むなら、新しい国へと繋がっていく新しい人生になるのです。

チャペル

進駐軍の払い下げの蒲鉾（かまぼこ）型チャペル
屋根から壁に緑の蔦がからまっている
白い十字の窓枠から風が通り抜けていった

祭壇の前に立つ背の高い花婿
真っ白なウエディング・ドレスの花嫁
パイプ・オルガンが荘厳に鳴り響いている

紅のバージン・ロードに純白のレースのベール
ステンド・グラスから七色の光が差し込んで
天に国籍を持つ二人が父母を離れて契約する日

その日、真っ白な花と緑の葉に囲まれて
彼はパラダイスに旅立ってしまった
夢に見た結婚式は正に夢の夢だった

眠りについたその顔は安らかで
愛する国を夢見て微笑んでいた
この葬儀こそ正に二人の結婚式だった

高くそびえたポプラ並木がざわざわと
今日も楽しげにさざめいている
蔦のからまる古いチャペルの通りを

時代の風が吹いていく
新しい時をたゆみなく刻んで
全ての思い出は過去となった

何十年もの時を経て
蔦のからまるチャペルは消えて
モダンな教会が建っていた

百年以上も歴史を見てきた教会
死を超えた新しい時を刻みながら

今日も時を刻んでいるチャペル

友の思い出

細い小道を一歩一歩踏みしめて行くと
白い木造の建物が手招きで呼んでいた
明治時代の時計台のような建物
白いペンキが少し剥げて懐かしげにたたずんでいた

かすかに漂うホルマリンの匂い
足がすくんで躊躇しながらそっと中を覗いた
ベッドの上の青い顔がこちらを向いて笑った
なんて澄んだ優しい顔なのだろう

臆病風が逃げていった
握りしめていたマーガレットの小さな花束
ガラスの花瓶にそっと生けてくれた
もうそれだけで言葉が出てこなかった

もっとたくさん話したかったのに

うなずいて聞くばかりで面会時間が終わった
涙がとめどもなく流れて帰りの砂利道に落ちた
笑顔だけだったのに何で泣くのだろう

楽しい時間だったのに何が悲しいのだろう
涙はずっと流れ続けて止まらなかった
病気なんか夢であってほしかった
幼くて未熟で臆病な私の祈り

天国のアパートはあの白い病室のようなのだろうか
御使いが飛び回っているのだろうか
そこにはきっともう白血病はないのだろう
そこにはもう涙の革袋もないのだから

私が入院した時には友はもうこの世にいなかった
友が送ってくれたクリスマス・カード
友の母上が持って来てくれた塚本虎二の聖書
友の大切な本はいつも私の傍にあった

君が待つ国

天童がやって来ると誰かが言った
噂の真っただ中にやって来た少年
ドングリのような黒い瞳をキラキラさせて
物怖じしない少年だった

凜々しく真っ直ぐに育った少年
野原の草木の香りを身にまとい
東京の子には見られない純真さを持って
未来は前途洋々に見えた

夏休み明けの新学期
天童がもうこの世にいないと聞かされた
夕焼けが不気味なほど赤かったその日
富士山が真っ黒な影絵のようだった

そんな馬鹿な！

あのドングリの瞳をもう見られないのか
体が硬直し心臓が止まりそうだった
彼はどこへ行ってしまったのだろう

やがて長い歳月を経て時は動き出し
何事もなかったように時を刻み出した
その間、いろいろな死に出会った
人は生きてきたように死ぬと言う

誰でも死ぬ準備をしなければならない
この世に未練を残さないように
与えられた人生を全うして死のう
感謝し満足して死ぬ人生を生きたい

扉の向こうにある新しい国
君はそこにいるのだろうか
また会う日まで眠っているのだろうか
光に満ちたパラダイスにいるのだろうか

死に至る病

心が傷を負って痛む時
胃壁が真っ赤に染まると言う
傷んで破れた心から
血が流れ出しているから

心臓が驚きで止まりそうになる時
顔面が蒼白になると言う
鼓動が太鼓のように轟いて
破裂寸前になるから

悲しみが心の底に沈む時
時の流れが止まって頭が真っ白になると言う
何も聞こえず何も見えず
悲しみの中で何も感じないから

高慢が勝ち誇って踊る時

欲望がやって来ると腹が真っ黒に見えると言う
惨めで恥ずかしい自分しか見えず
利己心で覆われてしまうから

嫉妬やねたみの虜となる時
牢獄に暗闇の死臭が立ち上ると言う
憎しみと狂気で魂が破壊され
麻痺した心が腐ってしまうから

濡れ衣を着せられた時
悔し涙で顔が赤紫色に腫れ上がると言う
燃え上がる怒りに支配され
虚無が心を縛ってしまうから

恐れを生み出す腐った呪い
みじめさを持ち込み悲しませる呪い
復讐に命を懸けさせ狂わせる呪い
疑心暗鬼を起こさせる呪いを追い出そう

暗闇の鎖から解き放たれる時まで
自分を取り戻して顔を上げる時まで
喜びの祝宴が魂に鳴り響く時まで
歓喜の中で生きる喜びを味わう時まで

永遠のパスポート

仮面のような顔で
シュルシュルと誰かの隣に潜んでいく
黄色と黒のまだら蛇

木陰の暗い所から
白眼をむいてじっと睨みつけている
青白く光る不気味な蛇

背徳の臭いをさせながら
怯えて動けない者に鎌首をもたげて凄む
銀色のうろこ蛇

赤い舌でチロチロと
獲物を狙い定めてじっと動かない
緋色の毒々しい毒蛇

怖気づいて奴らの罠にはまるな
狡猾に立ち回って隙をうかがう
奴らの罠にはまるな

正義の天秤がある王の都に逃げ込め
誰もが逃げ込める王の都に
治外法権が実存する王の都に

蛇が入り込めない都
富と名誉がなくても入れる都
学歴が問われない都

唯一のパスポートは
メシヤの恵みに応える
罪を捨てた信頼だけ

走って逃げ込め
信じて逃げ込め

永遠へのパスポートを持って

ただ一度の死

雪が降りしきる夕べマッチ売りの少女は見た
窓から覗いた部屋の中は蝋燭の炎が揺らめき
暖炉の火はパチパチと燃え上がって
大きな七面鳥が焼けて湯気を立てていた

外は雪が吹雪いて風に舞い
最後の一本のマッチの灯りも消えた
凍えた手に少女は息を吹きかけた
もう何も見ることができなかった

死の向こうは祖母のいる天の国
マッチ売りの少女は微笑んで旅立った
必ず誰にもやって来る死
誰にも公平にやって来る死

人は生きてきたように死ぬと言う

死を恐れて恐怖と狂気でもがいて
死の直前まで後悔して死ぬ人
死を恐れずに永遠の扉を開けて逝く人

ただ一度の人生をどのように生きたのか
ただ一度の人生を誰のために生きたのか
ただ一度の人生をもう一度やり直せるのか
ただ一度の人生をもう一度生き直せるのか

富と名誉が死を追い出してくれるのか
才能と技術が死を追い出してくれるのか
地位と学問が死を追い出してくれるのか
いったい誰が死を追い出してくれるのか

恐れずに死ぬ準備をしよう
永遠に死なないための準備をしよう
マッチ売りの少女のように準備をしよう
ただ一度の死から永遠の扉が開かれるように

御手のわざ

突然の死に驚いた
先週、珍しく久し振りに会ったのに
皆が驚いた
いったいどうしたのかと驚いた
突然の死だった

人の死というのは
こんなにも突然にやって来るのか
そんなこと分かり切ったことだったのに
ショックがあまりに大きくて
皆が驚いた

生前、彼がよく言っていた言葉を思い出した
気軽に聞き流していた言葉が
死して尚、語りかけてきた
言葉は軽く聞き流してはいけない

心で真摯に受け取らなければならない

誰もが大切な言葉を
聞き逃してしまう時がある
皆に分け隔てなくやって来る死
もっと誠実に生きてほしいと
彼の死が語りかけてきた

そうだよと彼が笑った
私の死を無駄にしないで
彼はそう言って笑っていた
死から生き返った方のように生きよう
私はもう一度考え直してみた

彼の死の直前の訪問は
人の心の奥底を見極められる
神様の哀れみの御手のわざだった
心してもう一度やり直さなければ

平和への思い

早く家に帰って本が読みたいと思った
最終バスはいつもより混んでいて
座れない人が立って暗い外を見つめていた
ふと人生の最終バスもこんなかなと思った

夜景をなんとなく見ながら
いつまでも夜が明けないような気がした
ビル街を通り過ぎてネオンも消え
真っ暗な町をバスは走っていた

暗いと音も消えてしまうのだろう
音のない世界をバスはひた走りに走っている
座席のシートにはまって
私は瞑想の世界に深く沈みこんだ

早朝のバスは意外と空いていて

皆、思い思いに清々しい顔をしていた
朝というのはこんなにも輝いているのか
光のカーテンがオーロラのようだ

町は眠りから覚めて活気に溢れ
昼の陽気さが近づいて来ていた
チョコレートを一かけらほおばり
騒めく人波に呑まれながら空を仰いだ

人の群れがガヤガヤとビルを出ていく
何がそんなに嬉しいのかどよめきながら
ひと時の自由と食事を満喫するために動く波
街は生き生きと騒音で溢れていた

ここには戦争も家族離散の悲しみもない
恐怖の悲鳴も爆弾も飢餓もない
国や故郷をなくした痛みも遠い昔の日のように
痛みを忘れたかのように暮れていく東京

遠い孤島の森の中に深海の砂の底に
ひっそりと埋もれて静かに眠っている
国を愛した若人たちの孤独と愛
彼らの痛みの上に立つ平和

礼儀正しく奥ゆかしい手紙
親を気遣う優しい筆跡に
血のにじむ吐息が聞こえてくる
さようならと結んだ一文字

叔父さんがセピア色の写真の中で
サーベルを片手に立っている
眼鏡を掛けた文学少女のような母
寄り添って写っている今は亡き二人

今日もバスは走るだろう
世界の若人の夢と希望を乗せて

戦争に散った人々の思いも乗せて
明日の平和への思いを乗せて

その人の父の死

その日は決まって同じ時間に訪れた
父の書斎に正座させられて
足がしびれて立てない日だった
その記憶は今も生々しい

長い時間座っていたように思った
その人は来られた時と同じように
にこやかに挨拶されて
いつものように玄関を出て行かれた

のちに知った
その人もお父様も牧師だった
戦争中、特高に捕まって長らく留置された後
急病で天に召されたことを

「彼は死にましたが、その信仰によって、

今もなお語っています」
この言葉は今も心の支えとなって
変わらず私に生きる道を教えている

恵みの雨

天から降って来た雨は
地上に注がれ川に注がれて
海に流れて行っては
水蒸気となって天に帰る

雨は地を潤して芽を吹き出させ
実った麦は砕かれてパンとなる
人もまたこの恩恵にあずかって
ゆりかごから墓場に至る

災害や災難や病気や苦しみは
容赦なく死のように訪れる
光のない暗闇の中で荒れ狂う嵐に
人生を放棄すれば死に至る

黙々と恵みの雨を待った

洪水のように大量の雨ばかりでなく
干ばつのように日照りばかりでなく
魂を潤す恵みの雨を待った

信念をもって生きる人々を
傍観者たちはせせら笑った
結局失敗するから見ていろと
いまいましくも嘲笑った

彼らは黙って仕事に打ち込んだ
無駄な人生はないと歯を食いしばった
愛をくれた人の愛を実践し
愛を無駄にはしないと額に汗して働いた

人生の最後の日がやって来た
彼らは微笑んで眠りについた
霧の向こう側に都が見えた
そこに嘲笑った人たちはいなかった

彼らが握りしめていたのは愛
恵みの雨の中にあった愛だった

第五章　新しい命

幼い時から私は、生きて働いておられる神様に、現実にお会いすることができるのだと信じていました。教会学校に通いながら、紙芝居などで聖書のお話はいつも楽しく聞いていたので、神様にお会いできるのだと信じていたのです。

私は真面目なクリスチャンとして、成長していきました。教会生活は楽しく、青年時代になっても大きな悩みとか苦しみとかは、ありませんでした。それでも聖書を毎日読んでノートに書き写したり、時間があれば礼拝堂に行って、何時間も過ごしたりしていました。その時代は礼拝堂に鍵は掛かっていなかったので、いつも自由に出入りして、祈ったり賛美したりできたのです。

それなのに、神様は遠い遠い国の人のようで、私自身の傍におられる方という実感は、あまりありませんでした。

なぜこのような事を書くのかと申しますと、こんな時代を経た後に、神様に実感的にお会いすることになったからです。

神様の私に対するご計画は着々と進んでいました。それは私だけに与えられる特別なご計画ではなく、誰にでも与えられている神様のご恩寵の計画です。地球に住んでいる私たちに、地域差はあったとしても、平等に与えられている空気や光や水のように、神様の恵みの計画はいつも天から降り注いでいるからです。その恵みはどこにいようとも、求めるなら誰にでも与えられる、限りない恵みです。宇宙や自然を創造された神様の限りない恩恵なのです。

ある日、朝の光のような恵みの中で、神様からの贈り物が届いていることに気がつきました。その大きな贈り物は、神様が待ってましたとばかりに、送って下さった贈り物でした。それは車椅子に乗った一人の青年でした。彼は脊髄にできた腫瘍を手術したために、胸から下が完全に麻痺していました。私自身もその病院に入院していたので、その頃からその青年と友だちになり、病棟が同じだった青年たちとも友だち付き合いが始まりました。私たちの社交場は外来の廊下のソファで、夕食後の消灯時間まで皆でそこに集まっては、ワイワイと人生の不公平やいろいろな事を話したりしました。そこには複雑骨折でギプスを巻かれた人、松葉杖でとことこやって来る人、車椅子でスイスイと来る人、難病のためやっと歩いて来る人など、青年たちが十人ほど集まって、日中の検査や検温から解放された自由を味わえる時間となっていました。

私は軽症だったので、彼らよりも先に退院したのですが、リハビリのため毎日病院に通っていました。そんなある日、不思議な出来事が起こりました。

遠く茜色に濃く染まった夕焼け空が、黒く浮き上がった家々の屋根の上からだんだん消えていくと、急に黄色と灰色が入り混じった夕闇の空に変わり、ついには薄暗くなって、小さな星が点々と輝き出しました。夕げの支度をしているのでしょう、どこからともなく懐かしい匂いが立ち込めてきて、思わず足を速めて家路につきました。その時、耳の傍で誰かが言いました。

「新しい生活を始めなさい」

どこからか降ってきたかのように、突然、聞こえてきたその声が、はっきりと耳元で聞こえたのです。

「新しい生活を始めなさい!」

思わず後ろを振り返り、周りを見回しました。誰かがそっと近寄ってきて、後ろから言ったのかと思ったからです。辺りには誰も見当たりませんでした。前にも後ろにも、不思議なことに人っ子一人見えませんでした。まるで世界中に誰もいなくなったかのような、静かな夕闇の中で私は松葉杖を突きながら、茫然と立ちつくしていました。不思議なことにその日から、その声は休むことなく聞こえてきました。その声は初めの頃はただ「新しい生活を始めなさい」と言うだけでした。いったいどうやって新しい生活を始めればいいのだろうか。私には皆目、見当がつきませんでした。

（拙著『道　十字架のことば』より）

これが人生の不思議の始まりでした。

そんな出来事の中で、私は力の限りを尽くして社会人として働いていました。勝気な私は人から後ろ指をさされないように、社会や会社から何もいちゃもんをつけられないように、両親に心配をかけないようにと、必死に働きました。その結果、倒れて動けなくなってしまったのです。動けない暗闇の苦しみの中で私は初めて思い知りました。今まで神様に必死に助けを求めて、神様のお答えを待って生きてこなかった人生だったと、思い知らされたのです。

神様との出会いは人それぞれに違います。神様はその人に最も良いものを準備され、最上の出会いを準備して、ご自分との出会いを待っておられるのです。

神様は私たちが、イエス・キリストの十字架の罪の赦しと出会うように、今までの的外れの人生であったことを悟らせるために、そのご計画を完全に準備しておられる方です。こうして私は自力で必死に生きた人生を悔い改め、的外れな生活を神様に向けてUターンさせました。イエス・キリストと共に生きる、新しい人生を始めることにしたのです。

トラウマよ

突然、黒板の前に立たされた
難しい漢字が思い出せずに
悔しくて頭が真っ白になった
トラウマになった日

英語の宿題を忘れた
思わずとんちんかんな答えを言って
登校拒否になるほど恥ずかしかった
トラウマになった日

葬儀後に久しぶりに授業に出た
ヘブル語がすらすらと翻訳できたのに
突然しどろもどろになって赤面した
トラウマになった日

ギリシャ語のレポート

先輩の答えをそのまま書いて提出する人
冷たい風が魂を吹き抜けていった
トラウマになった日

狡賢くやれるのはその時だけ
上手くやってのけたと思っても
化けの皮が剥がされる時が来る
トラウマよ出て行け

誰だって自己中心になってはいけない
自分の失敗を早く認めれば認めるほど
真実な生き方が近づいて来るのだから
トラウマよ出て行け

トラウマが友だちの振りをして
猫なで声ですり寄って来ても
お前に用はないと蹴っ飛ばそう
トラウマよ出て行け

トラウマよ悔しがって徒党を組め
狡賢く党派を作って近づいてみよ
分派を作って分裂させてみよ
トラウマよ出て行け

お前は私が傷つくのを見たいのだろう
私が悔しがって閉じこもるのを見たいのだろう
だが尻尾を振って逃げて行くのはお前だ
トラウマよ出て行け

トラウマよお前に勝利はやって来ない
頭上に太陽が昇る日は決してない
新しい私は過去に縛られていないのだから
トラウマよお前の負けだ

奇跡の朝

ふぬけた視線はうろうろして
何もまともに見ることができなかった
考えがまとまらずに宙をさまよった
時間の中にいる現実がなかった

吐き気で何も食べられなかった
こんな苦しみはずいぶんと昔
若かった頃に味わった
あの長年の苦しみと同じだった

明日までには何とかしなくては
頭ではそう思ったが体が動かなかった
薄暗がりで痴呆のように
肩を落としてただ座っていた

きっと朝までには何とかなるだろう

苦しみの中で不思議にそう思った
朝までにはきっと決着がついて
答えが降ってくるに違いないと思った

暗闇で独り悶々としながら
魂のない人のように動けなかった
呻きにさえならない声で呻き
言葉にならない言葉で祈った

終に朝が来たが何も起こらなかった
負けるものかと意地を張って
歯を食いしばってバスに乗った
震える足でいつものバスに乗った

急に心の縛りが解けて陽が差し込んで来た
止まっていた時間が動き出した
あっという間に平安が押し寄せて来た
まるで嘘のように自由になった

突然やって来た解放の朝だった
ただ呻いて待っていただけだったのに
心に信じた通りにやって来た奇跡
天からのプレゼントの朝だった

後の祭

何も知らずに騙されてしまった
一生をかけて恨もうと心に決めた
絶対にその人を赦すまいと
心を堅く閉じて生きた

ある日のこと
恨んでいた詐欺師の死を聞いた
様を見ろと思ったが喜べない
虚しさが全身を覆った

知らない人が訪ね歩いていた
何かを探っているような怖い目つき
薄気味悪くて後味が悪かった
何を調べているのだろう

近所の誰かが亡くなったと聞いた

やはり誰かに騙されて
大金を騙し取られたとか
詐欺に引っかかったのだろうか

今日も変な人が訪ね歩いている
亡くなった人のことを根掘り葉掘り
ああだこうだとしつこく聞いている
何か事件なのだろうか

あの詐欺師の名前が挙がった
えっまだ生きていたのか
怒りが再燃してこみ上げてきた
悔しさで震えが止まらなかった

ああ、そうではなかった
ああ、そうではなかったのだ
詐欺師と思ったその人は人を助けるために
自分の名誉と財産一切を投げ出したと言う

信じられない出来事だった
世の中にはそんな人がいるのだ
他人を助けるために
自分が罪を負って助ける人がいるのだ

なぜもっとよく話を聞かなかったのか
なぜよく調べもしないで鵜呑みにしたのか
なぜ本当のことを問い質さなかったのか
なぜ人の噂を信じてしまったのか

今となっては後の祭だった
詐欺師と思ったその人はもうこの世にはいない
もう絶対に会うことはできない
赦しを請うことさえできないのだ

己の軽率な馬鹿さ加減に腹が立った
腹が立って仕方がなかった

後悔の涙が止まらなかった
どうしたら良いのだろう

どうしたら良いのか分からなかった
心臓が震えて涙が止まらなかった
一生をかけて呪おうとしたことが
とんでもない間違いだったのだ

人は知らずに間違いの中に生き
実際の真実を知らずに生きることがある
このまま後悔で人生を終わらせてはならない
あの人の名誉挽回のために生きなくては

私もあの人のように生きよう
心に誓って新しく人生を生き始めた
間違った道を知らずに生きている人が
後の祭にならないように教えよう

二度と後の祭を起こしてはならない
他人の言葉を鵜呑みにしてはならない
自分できちんと真実を見極めよう
呪いを祝福に変える人になろう

祈り

この苦しみから逃れさせて下さい
どうか平安の道を開いて下さい
奇跡を起こして助けて下さい
一生懸命に祈った

何も起こらなかった
時間ばかりが過ぎていき
亡霊のように座ったまま
今日も終わろうとしていた

突然何かが見えた
掴めそうだったのに掴めなかった
目を覚ますと何も思い出せなかった
何の夢を見ていたのだろう

絶体絶命の中でもう一度祈った

言葉にならない呻きが口をついて
悲しみと怒りが一度に込み上げ
もう駄目だと肩を落とした

途端に負けてたまるかと魂が叫んだ
走馬灯のように何かがぐるぐる回っている
突然、醜い自分の姿が鏡の中に現われた
悪魔のような恐ろしい形相に思わず顔を背けた

大粒の涙が滝のように流れ落ちた
しょっぱくない甘い香りの涙だった
天からのスポットライトが心を照らし
自己弁護が転げ落ちたところに祈りの答えが見えた

今までなぜ気がつかなかったのだろう
今までなぜ見つからなかったのだろう
今までなぜ聞こえなかったのだろう
祈りの答えはずっとそこにあったのだ

気がつくと餓鬼のような顔は消えて
鏡の中の顔が幼子のように笑っていた
汚れや悪意や妬みが消えた顔だった
こんなに美しい顔は見たことがなかった

こんなにも世界が変わるのだろうか
灰色一色の希望のない世界が消えて
あけぼの色の光の世界が広がっていた
もう古い世界は消えてなかった

天空にぽっかりと虹がかかって
爽やかな朝の風が優しく吹いていた
心のよどみも跡形もなく消えて
呼吸をするのが楽になった

車窓から入ってくる音が
ピアノの音符のように空中を飛び交い

チェロの音色が金色の川のように流れて
心配の全てが封印されていた

新しい世界がやって来たのだ
今まで見たことも聞いたこともない世界が
大手を広げて待ち構えていた
未知に向かう恐怖はどこにもなかった

走っても走っても光の世界だった
時間を超越した輝く世界
黄金の世界が広がっていた
バンヤンの重荷は既に転がり落ちてなかった

祈りに生きる人生の始まりだった
祈りの忍耐が希望に変わる人生の始まりだった
祈りの答えを待つ喜びの人生の始まりだった
神の自由に生きる新しい人生の始まりだった

先人の道

猜疑心を起こさせて暗闇で縛り
罠を仕掛けて血を流させて命を奪う
不信を抱かせて人生を破滅させる
悪魔は策略を練って狡猾にすきを狙う

疑いを持ち込んで墓穴を掘らせ
弱気を募らせて奴隷にして支配し
いじめという土足で踏み込んで殺す
御使いのように美しく変装して微笑む

人を蹴落としてはせせら笑い
復讐を生き甲斐に吠えたけり狂う
腐敗の死臭を放って断末魔の雄叫びを上げる
頭のもげた竜はのたうち回る

先人たちは新しい道を開墾して天への道を創った

愛を貫いて試練を乗り越えて生きる道
信頼を植えて信じる心で真っ直ぐに歩む道
希望を発見させて失望を追い出す道を

先人たちはいつも隣にいて寄り添って一緒に歩いた
勇気と忍耐で包んで死の峠を越えさせ
知恵を教えて成長と成熟の道に向かわせ
間違いは黙って直して静かに見守る道を創った

先人たちは真理を解き明かして命の尊さを教えた
落とし穴を感知して未然にふさぎ
希望のレンガを愛の粘土で積み上げ
善意を胸いっぱいに抱えて平和の道を築いた

先人たちは汗水を流して働く労苦を惜しまなかった
励まし生かして心の不安を取り除き
苦しみの中でも水を注いで花を咲かせ
喜びが手を繋いで実をならせる道が通った

先人たちは悪魔が通れない道を開墾し後輩に託した
先人が命を懸けて築いた努力の道
命の尊さを教えて鞭打った血と汗の道
苦労が無駄に終わらない新しい道だった

その声

絶望のどん底で聞いた細い声
失望の呻きの中で聞いた声
死を待つ暗闇で聞いた声
その声が私を光の中へと導き出した

死の淵の危機がいっぺんに消えて
疑いが音を立てて崩れ落ち
冷えた体に熱い血が巡り出した
その声で生きる力が泉のように湧き上がった

呪いと偽りを見破って勝利に向かわせ
愛の腕でぐるりと包んで守り
命の法が死を墓に葬り去った
その声が権威そのものであった

束縛の鉄の鎖を粉々に打ち砕き

奴隷のくびきを断ち切って
過去の全ての呪いから解放した
その声が自由の解放を宣言した

過去の自分の失敗を足で踏みつぶさせ
現在の自分を認めさせ
未来の自分を発見させた
その声が魂の中で静かに鳴り響いた

私があなたを認めている
私の目にあなたは汚れなき花嫁
私があなたの花婿だ
その声は私の名前が書かれた手のひらを見せた

挫折の中に埋もれていた原石
発掘され研磨された宝石
その時、黄金の鍵によって栄光という扉が開かれ
その声が右の手を挙げて仰せられた

失敗者とは失敗を認められない人
失敗に胡坐をかいてしまう人
失敗からスタートしない人
失敗のガウンを脱げない人

勝利者とは失敗と言うテストに合格した人
勝利者とは失敗を認めてスタートラインに立つ人
勝利者とは失敗を研究して自分の糧とする人
勝利者とは失敗を喜び感謝して前進する人

失敗がなかったら今の私は存在しない
失敗を認められずに仮面のまま生きていたら
希望も勝利もない人生で終わっていた
失敗を勝利に変えたのは新しい人生を信じたから

失敗を認めず失敗の原理が分からなかったなら
人の痛みが分からない人になっただろう

人を慰められない高慢な人になっただろう
人を認められない愚かな人になっただろう

あなたはどの声を聞いて歩き出すのか
絶望を希望に変える声か
奴隷の鎖を断ち切る声か
呪いを祝福に変える声か

あなたにはどの声が聞こえているだろうか
耳を澄まして聞いてみよう

実りある人生

あなたにできることを発見しよう
あなたにできることから始めよう
他人にできて私にできないことがある
他人ができなくて私にできることがある

生まれた時の環境が悪かったから
何も良いものを持って生まれなかったから
誰も相談できる人がいなかったから
傍に助けてくれる人がいなかったから

そうだろうか
自分の持っているものを知らなかったから
自分の持っているものを探さなかったから
自分で心を閉じ諦めてしまったから
自分で心を開けずに被害妄想になっていたから

人には平等に与えられた死が必ず来る
遅く来るか早く来るかは誰も知らない
人生は一度だけ繰り返すことができない
死が訪れる前に生かされている人生を生きよう

流行のように繰り返せない人生
時間の無駄づかいができない人生
死の前であたふたと動揺しないように
今生きている尊さを探して生きよう

面倒臭いから明日考えよう
今日は疲れたからもう何も考えたくない
寝て起きたら何か思いつくだろう
否、朝が来ても何も変わっていないだろう

自分に授かった贈り物を探さないのは
宝の持ち腐れで愚の骨頂
人生を棒に振ってしまう哀れな愚か者

宝石をゴミのように捨ててしまう人

人は死んだからと言って
全てが終わるのではない
霧のようになくなってしまうのでもない
天に昇って星になるのでもない

あなたの死を悼み悲しむ人がいる
あなたを忘れずに心に留めて思う人がいる
あなたともっと一緒に生きたかった人がいる
あなたと幸せになりたかった人がいる

だから人生は無駄にできない
今からでも決して遅くはない
あなたの代わりになれる人はいない
誰があなたの代わりになれようか

そうじゃないだろうか

兄弟でも代わりにはなれない
双子でも代わりにはなれない
友だちでも代わりにはなれない
誰があなたの代わりになれるだろう

私なんかいてもいなくてもいい
私なんか何の取りえもない
私なんか邪魔になるだけ
私なんか馬鹿にされるだけ

あなたは世界一の馬鹿者
あなたは自分を知らない愚か者
あなたはそんな臆病者になってはいけない
今、新しい人生を始めるならまだ間に合う
一時（いっとき）の面子（メンツ）や羞恥心など捨てて立ち上がろう
勇気を出して歩き出すなら新しい芽が吹き出す

忍耐して歩き続けるなら枝が伸びて実を結ぶ
人を生かす賢い実りある命が始まるのだ

二人三脚

誰かに認めてもらいたくて
誰かと心を割って話し合いたくて
人を傷つけては欲求を発散させる
いじめは自己主張という暴力

強い人には黙して何も言えず
弱い人には言いがかりをつけ
憂さを晴らしては勝った気でいる
いじめは愛を信じられなかった孤独

徒党を組んでは悪巧みをし
陰ではお偉方にこっそり告げ口して
評判を勝ち取ろうとあくせくしても
いじめは報われない闇の努力

人は皆、草のようにしおれ

花のように枯れて散っていく
与えられた人生を大切に生きないなら
人生の最後に残るのは惨めな後悔だけ

過去、いじめられて泣いていた人が
突然、弱者の代弁者となって立ち上がり
毎日、いじめていた人が援護者に変えられて
生涯、二人は協力して働く友となった

眠れぬ夜には互いに励まし合い
負けて勝つ戦いの方法を教え合い
無意味な争いを自制する力を蓄えて
一時逃げることも必要な道と語り合った

かつていじめた者といじめられた者が
二人三脚を組んで弱い人々を助け出し
力ある協力者となり友となった
二人は弁護者として一緒に世界を周(めぐ)った

かつていじめいじめられた二人は
自分の言葉で伝えることのできない人
上手に意思を表現できない人
弱くてもの言えぬ人の代弁者となった

二人の生涯は暗闇に灯るランプとなり
砂漠を流れる川となり
荒れ地に噴き出す泉となった
二人は命を与える使命を授かった

祈りの世界

忘れられてしまったことが悲しく
無視されてしまったことが辛くて
泣いていた時に声をかけてくれた人
その温かさが身に沁みて独り涙し祈った

いかにも辛そうなのに何も言わず
静かにニコニコして明るく振る舞って
楽しげに気丈に働いている人
嬉しくて近寄ってそっと声をかけた

何かぶつぶつと唇を動かしている人
頭が痛いのかなと気になって
陰からずっと目を離さずに見ていたら
祈りの声が聞こえてきてほっと安心した

天を仰いで一心に何か訴えている

きっと心の重荷を下ろしているのだろう
何を願っていたのかは知らなかったが
横顔にさっと光が宿って天使の顔のようになった

祈りを聞かれる神様って本当にいるのだ
確信に満ちたその人たちの姿から神様が見えた
人の考えでは測り知ることのできない
祈りの世界があるのだ

私だ

誰が私をこの時代に生まれさせたのだろう
誰が私をこの家に生まれさせたのだろう
誰が私をこの場所に置いたのだろう
誰が私の人生計画を立てたのだろう

無味乾燥な意味のない世界から脱出させ
意味のある言語の世界に移行させ
色とりどりの言葉で通じ合える世界に
生まれさせたのは誰なのだろう

人の目にみじめな環境であっても
そこで灯りをともし続け生きている人がいる
人の目に豊かな環境であっても
自暴自棄に座り続けて立ち上がらない人もいる

偶然のいたずらなのだろうか

必然が背中を押しているのだろうか
世界では今日も生と死が戦っている
光の世界がすぐ隣にあるのに見えずに

稲妻のように光がジグザグに降ってくる
まるで暗闇を引き裂く剣(つるぎ)のように
モノクロのカーテンを引き裂いて
虹が七色のカーブを描いて現れた

色が現れると音も現れた
都会を走る喧騒がうなり声を上げ
雷が大音響を轟かして地に落ちた
お前をそこに置いたのは私だと光が言った

電車の中なのにピアノが歌い出し
世界がカラー化して輝き出し
言葉が意味ある言葉として聞こえ出して
私は生まれたばかりの赤ん坊のように泣き始めた

私が存在するのは意味があったのだ
私はなくてはならない価値ある存在なのだ
偶然ここにいるのではない
私の役割があってここに生まれたのだ

私がお前をそこに置いた
私がお前の人生を設計したクリエーターだ
私がお前の人生の責任を持つ主人だ
私を信じる者になって幸いを得なさい

若い日にその声を聞いた時
その日から人生が変わった
恐れが消えて確信が湧き出し
責任を持ってくれるその声と共に歩んだ

私だ　恐れることはない

おわりに

この詩集を手に取って読んで下さって、本当にありがとうございました。きっと心の内の何かが新しくなり、変わられたのではないかと思っております。

あなたの心に降って来た感動を、つまらない感情的なものだと思って、捨てないで大切になさって下さい。あなたを認めて保証して下さる愛の神様は、生きて働いておられます。その感動を握りしめて、信じて助けを求めて下さい。あなたの人生はきっと変わります。それは神様が準備された真実な愛の保証、イエス・キリストの罪の赦しの保証、愛と恵みの保証だからです。

目に見えない大いなる恵みが、あなたを捉えています。叱ったり、叱責したり、怒ったりしても、それはあなたを助けたいため、幸せにしてあげたいための、誠実で裏切ることのない愛から出た恵みだからです。不公平やえこ贔屓のない愛、あなたを助けて不安から解放したいと切に願う愛、信じても大丈夫な愛が現実にあることを、信じて下さい。生きて働いておられる神様の愛は、天地に満ちている力ある変わることのない愛、約束を果たされる愛であることを信じて下さい。

この地球上の人生は一度限りです。けれども今は見えない永遠の命の人生が、イエス・キリストを信じて生きるなら、パスポートとして許可されて、その国に入ることができるのです。

人類がユートピアを探し求めたように、人は今も理想郷を探し求めています。永遠のユートピアは、神様の変わることのない愛の中にありますが、それは神を信じなければ見つけることができないのです。

フェイクニュースやデマが飛び交っている昨今、間違って信じないようにその出所を確認しないと、騙されてしまう危険な時代です。

あなたの人生が神様の恵みの中で、祝福に変わることを心から祈っています。お近くの福音主義の教会、聖書的教会を捜してお尋ねになってみて下さい。

わたしの思いは、あなたがたの思いと異なり、
わたしの道は、あなたがたの道と異なるからだ。
―【主】の御告げ―

天が地よりも高いように、わたしの道は、
あなたがたの道よりも高く、
わたしの思いは、あなたがたの思いよりも高い。

雨や雪が天から降ってもとに戻らず、
必ず地を潤し、それに物を生えさせ、
種蒔く者には種を与え、
食べる者にはパンを与える。

そのように、わたしの口から出るわたしのことばも、
むなしく、わたしのところに帰っては来ない。
必ず、わたしの望む事を成し遂げ、
わたしの言い送った事を成功させる。

――預言者イザヤ書55章8-11節

著者プロフィール

新井 道子（あらい みちこ）

1945年　東京都世田谷区に生まれる
1989年　聖契神学校卒業
　　　　東京渋谷福音教会伝道師按手（Y.W.A.Mアフリカ宣教）
1990年　同教会宣教師按手（大韓民国青少年福音宣教団）
2003年　東京基督教大学共立基督教研究センター、アジア神学大学院牧会学修士号
2010年　Louisiana Baptist University日本校大学院牧会学博士号
2011年　東京中央協会（主管牧師　三井康憲）牧師按手（現在名誉牧師）

本書記載の聖書の御言葉は全て日本聖書刊行会翻訳・編集『聖書　新改訳』（いのちのことば社）から引用しています。

Logos（書かれたみことば／ロゴス） と Rhema（語られたみことば／レーマ）

2024年３月15日　初版第１刷発行

著　者　新井 道子
発行者　瓜谷 綱延
発行所　株式会社文芸社
　　　　〒160-0022　東京都新宿区新宿1－10－1
　　　　　　　　　　電話　03-5369-3060（代表）
　　　　　　　　　　　　　03-5369-2299（販売）

印刷所　図書印刷株式会社

ISBN978-4-286-25120-2